다음이라는 말

허림 시집

다음이라는 말

달아실기획시집
29

달아실

보조 용언과 합성 명사의 띄어쓰기 등 본문의 맞춤법은 시인의 의도에 따른 것임.

시인의 말

꽃이란 꽃

다 빨고 가는 꽃도둑에게

이미 다 줘버린 사랑인데

캄캄한 뒤곁 같은

여백

결국

내 사랑이었구나

2023년 10월
허림

차례

다음이라는 말

2부

3부

4부

1부

진창

오막은 어둠 진창이다
갈잎에 고인 어둠
우수수 바람에 떨어진다
골말 물소리에
흑염소 울음이 흘러나온다
그 속에 고인 어둠 꼭 짜면
먼 하늘 별이 내려와 반짝이겠다
말이 고요해지고
머뭇거리는 시간 위에
캄캄하게 고이는 어둠
창문 너머 강 우는 소리
얼음살이꽃이 피었다는 소문이 돌았다
오막의 어둠 진창에도
분분한 봄밤이 그윽해지겠다

낙과

만개한 복사꽃 보며
언제쯤 오면 되겠냐고 물었을 뿐
구름은 안부조차 실어오지 못했다

비는 자주 내리고
푸른 멍울엔 햇빛과 달빛의 여운이 돌았다

언제쯤 되겠냐는 문장이
속살 깊이 발그레하다

며칠 있으면 되겠구나 싶은 날이었다

누구도 알 수 없는 별세
복숭아가 떨어졌다

익었거나
속 많이 아팠을 그대를 생각했다

버덩말 배나무집

부강지 앞으로 불 그러내어
밭에서 뚝 꺾어 온 옥씨기 누런 겉잎 벗겨내고
벌건 불 위에 뒤적대며 굽다 보면
저녁도 들어와 슬며시 곁에 앉는다

한 달 전만 해도 밀 보리 쭈질러 먹었는데
고야 몇 개 복상 몇 개 따먹다 보니 옥씨기 철이 와 있다

화전 맛을 알 리 없는 사람들은 무슨 낙으로 사나

부강지 앞에 그러낸 불 위에선
옥씨기가 피피 거리며 구수하고 달큰하게 구어지는데
먼 데 사람도 불러들이고

어느 날인가 길순 엄마가 올채이묵 맛을 아냐고 하길래 수하리 가두둑 지나며 둬 사발 사다 드렸다 쫑쫑 썬 파에 매운 고추로 맛을 더한 장물로 간을 맞추고 열무김치를 얹어 맛을 보시더니 그래 이 맛이지 끈기도 없이 밍밍하지만 덤덤하니 툭툭 끊어지는 것이 올채이묵 맛인 게야

금방 배불렀다가도 오줌 한 번 누면 푹 꺼진다는 말이
생각나 혼자 웃다가
내치는 불길에 물러나 앉는다

한 알 한 알 불맛이 배인 옥씨기 다정도 하다

생각나는 것들 잊었다 해도
저녁처럼 다들 돌아온다

복사꽃 필 무렵

건넛말 박 서방네 소 새내나 보다

수정사 기다리는 저녁은 더디 저물고

서쪽 하늘 늦도록 붉다

시장통에서 만난 동창 여자애가

한번 놀러오라 한다

웃음이 맑다

노을도 지고 울음도 잦아든다

망덕봉 뒤로 떠오른 음력 열이틀 달빛

어디선가 흐미한 살냄새가 난다

호박

호박 심는 날이면
망웃내가 났다
품석하니 구덩이 파고
잘 썩은 똥 한 바가지 들이붓고
그 우에 흙 한 삽
그 우에 호박씨 서너 알
이제는 가르쳐주지 않아도
그대는 가야 할 길 잘 갈 게다
속도 깊어져 둥글어질 게다
너를 보면 그냥 푸근해지는 것인데
단단한 마음도 뭉근하니 풀어지는 저녁이다

장마

피나무 껍질 장에 내다 팔았다는 귀틀집 장가네는 자취도 없다

비만 오면 공부하다 말고 서둘러 집에 보내주는 선생은

눈이 부리부리하고 멸치처럼 말랐다

개울 건너다 옆집 동생이 물에 떠내려갔다고

동네 사람들이 모래소 가막소 용소로 달려갔던 날이 이맘때지

장마 끝 가덕 다리 밑

사돈쯤 되는 동생이 천렵 왔다기에

밭 둑서리 외섶에서 그물무늬 늙은 노각 두어 개 따다 주고 집에 와보니

쪽마루 끝에 검정봉다리에선 달작지근한 참외 냄새가 났다

복사꽃을 심은 까닭

가덕 오르막길
복사꽃이 진다
한 잎 한 잎 피웠던 꽃잎
봄비에 우수수 내려놓고 있다
처음 내 마음이 그러하였다
문득 찾아온 그가
봄날 그 마음을 두고 간다며
복상나무를 심었다
몇 해 지나 봄마다 꽃이 피고
복상이 달렸다
한 입 베어 물면 첫사랑
그 기억이 쏟아질까 설레는 것인데
정작 속은 벌거지들이 우글거렸다
겉과 속이 같지 않은 게 생이지
그가 두고 간 마음은 아닐 거라고
유리나방이 날아간다

구룡포

대구 여자 만나서 구룡포 과메기 먹으러 갔던 겨울
과메기 꾸덕꾸덕 말라 가는 기억은
비린내처럼 지워지지 않는구먼
배추 한 잎에 생멱 한 오리 쪽파 마늘
그 위에 과메기를 얹어 입에 넣어주면서

첨이제 꼭꼭 씹을수록 고소하이더

그 말의 속내를 이제야 알아챈 것인데
나만큼 무딘 파도 뱃전에 밤새 철썩인다

다음이라는 말

절 마당에 떨어진 꽃잎이
바람 가는 쪽으로 몰려간다
천도제 끝난 봄날이다
처마밑 틈새로 새가 들어가자
울음이 쏟아진다
생사의 길에 구르는 명랑
슬플 것도 기쁠 일도 아닌 듯
검은 소복 여인의 치맛자락에
민들레 꽃씨가 날린다
죽음은 멀리 가는 것
가서 돌아오지 않는 바람처럼
할 말은 많았지만
지금은 내안의 울음을 다독일 때
지는 꽃잎에도 눈물이 난다
천도를 건너는 그대 눈물자국만 홍건하다
가끔 사는 게 뭐냐고 물었지만
구름은 먼 산 넘어가고
하루도 저물어 서쪽엔 노을이 든다
다음에 올게요

산문을 나서는데
다음이라는 말이 기약 없이 화두처럼 따라온다
절 마당에 떨어진 꽃잎이
바람을 따라간다

굿 노망

댓님으로 머리 동여맨 여자 뒤로 남자가 따라나선다 지팡이 끌고 가는 골말 길은 가파르다 비탈에선 나무들이 수룩수룩 푸른 그늘 쏟아낸다

— 아이구 골이야 난 골이 이렇게 아퍼 죽어야지 아저씨는 언제 이렇게 집을 지셨대유 복 많이 받으셔유

내면에 든 날부터 듣는 그 여자의 안부는 한결같다 변하지 않는 그 여자의 마음일 거다

뒤따르는 사내가 할머이가 노망나서 시도 때도 없이 밖으로 나돈다며 짜증이다

바람이 속닥댔는지 여자가 되돌아본다

귀신같이 귀는 밝아서 사내가 뭐라 중중댄다

쉬땅나무 수내기를 꺾어 쥐고 그 여자가 내려온다 나를 보자 처음 본 듯

— 아이구 골이야 난 골이 이렇게 아퍼 죽어야지 아저씨는 언제 이렇게 집을 지셨대유 복 많이 받아유 이거유 모개불 피우려구유 모개가 하두 많아유

집 뒤에 숨었던 사내도 천천히 내려간다

사는 게 굿이지
문간에 피운 모갯불이 굿마당처럼 저녁 내내 모락거린다

무릇

콩밤나무 그늘 지나
뒷산 고샅길
무릇꽃을 본다
꽃대 쭉 빼들고
꽃망울 하나하나 피워내는
분홍의 무릇
무릇 꽃이란
사랑을 마중하는 그대인데
검청 날개 휘날리며
날아와 끌어안는
산제비나비
잠깐 그 품에 폭 안겼는데
길에서 만난 인연
길에서 끝내자는 듯
분분한 향기 풍겨도
나비나비
뒤도 안보고 날아간다

어쩌겠나

세상 끝까지 가봤다는 그가 불쑥 찾아와서 여기가 세상 끝이라고 짐을 푼다 돈 벌어보자고 집 떠났지만 어머이 아부지 죽고 갈 곳 또한 그리워지더라며 누구도 살지 않는 고향집이 내안에 한 칸씩 들어서더란다 그때부터였을까 오막 어둠만큼은 그대로라며 산 너머 눈 주는 버릇이 들고 슬며시 눈 감을 때마다 어둠이 달려와 어루어주더란다

어쩌겠나 아랫목을 내줬네

기억을 형상하다

그녀의 가슴을 기억하는 것이다
아니 기억 속에는 가슴이 있는 것이다
한번 감싸 안은 가슴 잊지 않는 일
이별하고 떠난 애인들이
빗소리 혹은 눈 밟으며 살아오기도 한다
유목민처럼 나를 찾아 떠도는 기억들
지난 시간을 형상 기억하는 너는
오억 년의 시월 오일의 비와
밤새 흘러가는 물소리
어둠처럼 풀어놓고
무량의 시월 어느 날은 들창 너머
느릅나무가지에 앉아 우는 새들 날려보낸다
오늘도 비가 오고 늦은 밤 새가 운다
빗물처럼 동그러지는 맑고 가는 운율이
어둠 속으로 퍼진다
그 새는 아니겠지만
형상 기억의 가슴은 아슴하고 따듯하고 보드랍다

내가 기다리는 사람은 밤차를 탔다

그가 러시아 민요 백학을 부를 때
또는 매미들이 서로 다른 이름을 부르며 울 때
아무렇지도 않게 서로서로 스미어드는
느린 가락으로 흥얼거릴 때
또는 그런 사람과 첫인사를 할 때
달콤하기도 하고
한 조각 비릿한 치즈처럼 눈물이 나려고 할 때
또는
밤하늘에 펼쳐놓은 어둠 한 상
한 절 건져올린
올챙이묵 같은

2부

사는 게 좀 슬프면 어때

눈이 와도
어둠은 덮이지 않네
온 세상 흰빛이 넘쳐도
오막은 저녁처럼 어두워지네
까치밥으로 남겨둔 땡감이 불을 밝히는
서림 빈집의 감나무에도
노을은 속절없이 저무네
괜히 슬퍼지네
어디서 왔는지도 모르는 그대
내안에 반쯤 차 있네
가끔 술잔에 따라 마시다 보면
취해서 잠시 잊네
속 쓰려 일어나니
또 그만큼 고여 있네
슬픔 때문에 사는 것 같아
그냥 살기로 했네
사는 게 좀 슬프면 어때

어김없이

어김없이 올 봄에도 감자 눈 따고 있습니다 죽어도 안 하겠다는 말은 온 데 간 데 없고 얼음장 위로 덧물집니다 땅이 풀리면 구리고 퀴퀴한 텃밭의 냄새가 왜 그리 좋은지 감자꽃 같은 그 여자의 웃음 떠올리며 올 봄에도 감자 묻고 왔습니다

멧토끼

눈 내린 날이면
동네 형들은 지관집 사랑방 마루에 걸터앉아 안산 범에 골을 건너다보며
지난밤에 토끼 우는 소리를 들었다고 했다

노가지나무 밑에 집을 지은 토끼는
눈이 내리면 켁켁 울면서 밤새 도망갈 길을 낸다고 했다

누가 먼저랄 것도 없이 지게작대기 들고 산으로 들었다

구름이 지나가는 오후
형들은 멧토끼를 둘러메고 안마당으로 들어섰다
토끼는 켁켁대며 어디로든 튈 듯 발짓을 했다

사는 일마저 마땅치 않은 팬데믹의 날은 지루하고
잘 있겠거니 먼 곳의 안부도 궁금하지 않은 오후

산 넘는 구름 보며 폭설의 기미를 알아차린 까닭일까

옛날처럼 멧토끼나 몰러갈까
어쩌자고 내안의 나를 불러내는 것인가

어름사리

배나무집으로 한 패가 몰려간다
분명 군소식이 오겠다
며칠 전 보아둔 가막소 얼음이 얼고
절에 김 씨네와 살둔 정가네 최가네가 눈 맞췄다는 소문이다
살얼음 깔린 아침 한나절
쿵쿵 얼음장 울리자 괴기들이 놀란 듯 몰켜나오고
몸장화 신고 얼음 속으로 들어 둘러친 그물 끌어당긴다
고기들 몇 번 펄떡대다가 버쩍 얼어붙는다
가막소는 깨진 얼음 잇대느라 버석거리고
몸장화에선 살얼음 조각이 허옇게 떨어진다
한 담배 한바탕 웃음이 산속으로 스민다
어디서 엿보았는지 버덩말 장가도 섬터 전 씨도 건너오고
옹기점 곰이도 헛기침한다
산통 깨진 판 뒷버덩 유 씨도 지당 아래 홀애비도
화덕에서 끓는 솥뚜껑 열어보며 소주 고리를 낸다
— 얼음사리는 맘이 맞아야 하는 기라
— 배 맞춘 여편네랑도 못 하는 게다
— 괴기들은 겨울잠 들었어도 귀는 열어놓고 자는 기라

가막소 모래 구렁 재바르게 그물 둘러치고
얼음 깨 둥둥 밀어내는데 한 떼거리가 그물 속으로 몰려든다
회칠 것은 발려 뭉텅뭉텅 썰고
굵은 것은 골라 싸리꼬챙이에 꿰어 굽고
냉기지는 화덕 솥단지에 말짱 넣고 끓인다
짐이 새나오고 얼큰한 장냄새에 비린내가 구수해진다
그런대로 해 먹을 만한 겨울 천렵
모두 거나해지고 말들이 뒤섞이는데
눈 오면 토끼 몰러 가자는 말이 또렷해진다

무당집

개나리꽃도 기억나지 않아 속상해하는
그녀를 사랑하기로 했다
어제를 기억 못 하는 개울가에서
한참 울던 그 여자를 기억하기로 했다
무당집 딸이었나 신내림을 기다리는
봄처럼, 아니 봄을 기다리는
꽃들은 무엇을 기억할까
내가 기억하는 정월대보름날
부럼도 달맞이도 귀밝기술도 쳇바퀴도 엄나무도 오곡밥도
고사리 괴비 취나물 묵나물 그 맛도 기억나지 않는다는
천치 바보가 되었다는
복술이 징 쳐대며 주술을 외던 저녁이다
논골에서 주논버덩 지나 구미말까지 내리뛰고 치뛰었다는
보는 사람마다 누구냐고 묻던
눈물 한 방울 흘리지 않고
오래오래 기억나는 구미고개 동갈나무
내림굿 받던 그녀와 마주칠 것 같다

주루먹을 멘 노인

가을 어느 날 늘원 송전다리께서 마가목지팽이에 주루먹 메고 가는 느린 그림자 무작정 쫓아가 등에 멘 게 뭐냐고 물었다 노인은 산림간수에게 들킨 듯 왜 왜 그러냐고 얼굴 붉혔다 나는 오래전 할아부지가 주루먹 가득 따오던 버섯 이야기하며 오랜만에 보는 주루먹이 정겹다고 그 옛날 노끈을 또 얘기하며 이 주루먹은 뭐로 만들었냐고 여쭈었다 노인은 주루먹을 벗어 보여주며 피죽으로 만들었지 피죽, 했다 엉뚱하게도 피죽이 뭐냐고 다시 묻는 나를 노인은 멀뚱하니 보더니 피나무 껍질 벗겨 겉껍질 벗겨내고 속껍질 푹 삶아 퍽퍽 두들겨 다시 물에 빨아 말렸다가 가닥을 지어 새끼 꽈 엮는다고 했다 아주 질기다고 했다 나는 노인의 얼굴 가득 피죽새끼 같은 시간이 출렁이는 것을 보았다 주루먹 속에는 가을 한철 참싸리버섯과 능이 몇 꼭지 불룩했다

위리안치

신당나무 가지 끝
초록색 집

꿈이 뭐냐 물으면
날개를 보여줄까

하늘 따위 방황하지 않겠다는 듯
먹는 일로 궁극에 이르지는 않겠다는 듯

오직 사랑만 하고 죽겠다는

산유리나방

그대의 집 오래 들여다본다

눈발

야생의 짐승들이 앞강 얼음장 숨구멍 핥고 가는 초저녁 입니다

당신의 어깨 위에 당도한 구름이 붉어질 때 그리고 저녁처럼 당도할 외로움이나 쓸쓸함에 창가로 비껴드는 달빛에 느릅나무가지 어른거릴 때 눈물 적시지 않아도 좋을 적막은 캄캄하고 겨울 건조주의보가 내려진 당신께 구름 한 자루 보냅니다

당신이 기다리는 눈이 밤새 내리기를 빌겠습니다 마음 마저 건조해져 비듬이 더 심해졌다는 당신께 위로가 될까요 층간 소음으로 소원한 자리에 눈사람 세우는 건 어떨까요

내일의 기억은 또 어떻게 쓸 것인가 골몰할 때 허풍처럼 떠벌린 말의 이면에 눈발이 날렸으면 좋겠습니다 그래야 눈 녹이며 피는 꽃들에게 안부라도 전할 수 있지 않겠습니까

영상 통화

산속 나무들 푸른 주파수 날리고
잡음처럼 고라니 울음이 잡혔다
어둠 속에서는 모든 것이 어두워졌고
반짝이는 것들은 하늘에 있었다
나를 찾는 전화도
내가 찾는 전화도
통화권 밖에서 맴돌다 끊어지고
나무의 열매들이 타전하듯 부딪혀왔다
어둠 속을 건너온 구름들이 소요하다
별들은 이내 숨고
우루루 지나가는 비에
젖을 것들은 젖는다
나무들은 여전히 푸른 주파수 날리고
비의 영역에서 비껴 서 있는
밤늦은 시간들 눅눅해지고 우울해지는데
손 내밀면 마음 잡아줄 것 같은 문자들
마음 젖지 않도록 해
비 오면 생각나는 우산처럼
그는 무선으로 나를 불러낸다

시월에 핀 노랑꽃

봄에 주로 피는 꽃이
시월 복상나무 아래 한 무더기 피어 있다
노랑꽃이 뿜어내는 빛이 봄처럼 환하다
오래도록 앉아 바라보다가
꽃의 노랑에 젖는다
슬픔만큼 큰 위안이 있을까
버리고 싶었던 만큼 내안에서 살아온 것들이거나
숨기고 싶은 고질이 왠지, 와락 달려나올 것 같다
아니, 우울하고 쓸쓸함을 끌고 다니는 바람처럼
무언의 빛들이 방언처럼 터질 것 같다
거울 속의 거울 속 거울같이
봄에 주로 피는 꽃이
가을에도 피는 날
먼 데 소식이 더 기다려진다

언제

노을 그쯤에서 헤어지고
멀리 노을 속으로 날아가는 새를 보았다
노을은 붉어지다 붙잡을 수 없이 어두워졌다
어둠 속에서는 모두가 어두워진다
오직 사랑만 남을 거라 했던 그대는
캄캄한 마음속에도 없었다
만나고 헤어지는 데는 어디든 좋다
우연처럼 만나거나
어쩌다 헤어지는 일
어떤 이별은 죽어서도 끝나지 않는다
눈물이 흘러 강이 깊어진다
미루나무 아래 소주나 마시자던 애인들이
아파트 불빛 아래서 다들 따듯했으면 좋겠다
별은 어둠을 바탕으로 명멸하고
강물소리만 여운처럼 남겨둔다
언제 동쪽 바다 바람이나 쐬러 가자구나

찌라 시

양구 방산에서 떡방앗간 한다는 모 시인 수향시에서 시 낭송했다 떡 하다 말고 시상이 떠올라 눈에 띄는 찌라 시 그 뒷장에 쓴 시 낭독한다 뒷장의 여백 무설기에 박힌 호박고자리 같은 김이 서리고 떡냄새 스민 시가 맛깔스럽다

나

슬쩍 버리고 왔다

누군가 가슴 한쪽이 상하기 시작했다

마음 편치 않아 다시 주워왔다

나는 어디에 버려질까

마음 짚이는 데가 있었다

내면에 산다는 건

내면 길은 가끔 달이 앞에 선다
길가의 나무들 달빛에 흔들리며 어둠에 휘뚝이고
산의 고요는 짐승의 울음에 울렁인다
가래나무 단풍나무 일본이깔나무 개물푸레나무 잣나무 소나무 귀룽나무 둘배나무와
그 밖의 나무들이 서 있는 산속으로 달은 길을 끌고 간다
가로등 아래 웅쿠린 길고양이 풀숲에 숨고
길 따라 흘러가는 물소리 바람에 섞인다
여태 반도 못 왔는데
어디냐고 묻는 내면이
중천에 뜬 달 따라 자꾸 자리를 옮겨가고 있다
내면이 깊어지면
정 뗄래야 뗄 수 없다

꽃말

다시 너에게 올 때는
꽃말 하나쯤 품고 싶다

봄에 온다면
개나리 노란빛으로 와서 불 밝히고

여름에 온다면
붓꽃처럼 마음 애린 전설 하나쯤 서려두고 싶다

꽃이 된 사람들처럼
낭만적 슬픔 속삭이며

밤으로 온다면
박꽃 같은 향기 하나쯤 덩굴로 올리고

가을
과남꽃 사랑 하나쯤 품고 싶다

꽃도 나뭇잎도 다 떠나간 겨울에는

그대 머리맡에 피는 눈꽃이라도 되고 싶다

3부

그늘 풍정

나무 그늘 혹은
적요寂寥 품은 산 그림자

새들이 날아간 길에는 구름이 걸려 있고
봄이 펼친 자리마다 씨앗은 눈 뜬다

겨울이 지나간 생의 곡점
마음 열고 닫는다

누구나 사랑하다 죽는다

생이라는 이름으로 감추었던 마음의 안쪽
하고 싶은 말들은 많았지만

정작 가고 싶은 길은 하늘 먼 곳까지 닿아 있었다

아파하고 슬퍼하는 게 전부는 아닐 텐데

사는 동안 둥그러지는 나무속처럼

그대 적막에 들어 여름 한철 보낸다

올 것이 왔다

인형 눈을 붙이다 깜빡 졸았다

— 꿈을 꾼 듯한데 이렇게 기억이 없지유

꿈속을 살피던 목단이 서쪽을 보고 있다

— 첫차 올 때가 되었나 보네

밖은 봄의 뒤뜰

바람의 음표들이 나뭇잎에서 반짝인다

새들이 날아간 길들 구름에 지워지고

상형의 구름이 노을을 부른다

— 노을이 아름다운 건 저녁이 오기 때문이라고 누가 얘기했지요?

인형의 눈에 비친 나를 바라보는 동안

또 사랑이 찾아오면 어쩌지

우화의 기색이 확연한 그녀가

달쳐오른 얼굴에서 인형 눈알 떼어내고 있다

월식

읍내에서 내면으로 가는 내내
달의 왼쪽 가슴이 지워지는 것을 본다
달빛 환한 길 그늘로 지워지며 캄캄해진다
누군가 지우고 삭제된 날들이 어둠처럼 쌓인다
서석쯤 지날 때 눈썹만큼 남은 달이
잘 벼린 칼처럼 반짝이며
솔직하지 못한 왼쪽 가슴을 헤집었다
개가 달을 집어 먹기 전에 소원을 빈다
달은 그믐달처럼 가늘어지다가 캄캄해졌다
그리고 왼쪽 가슴 밑에 숨겨둔
토씨 하나가 이슬처럼 내비쳤다
지나간 것들이 살아서 돌아오고 있다
ㄷ ㅣ·ㄹ
ㄷ ㅏ ㄹ
다 ㄹ
달

고주박잠

바람의 기척에

밖을 내다보면

어둠은 이미 와 있는데

일찍 온다던 그는 여태 소식 없네

별일 없겠지

그 적요에 등 하나 걸어놓는다

돈오頓悟

수타사
돌다리 건너다가
호박돌 하나씩
돌 위에
돌을 얹는다
돌이 돌 위에서 흔들리는
아슬아슬한
그, 밑에 돌 괴어주는데

내가 다
마음이 놓였다

자전거를 타는 풍경

흘러가는 것이
구름처럼 뭉싯거릴 때
네게 하려던 말이 왼발에 걸리고 또 오른발에 걸릴 때
그림자마저 휘어지는 골목을 돌아
메타세쿼이아 그늘에서 멈추었다가
엉덩이 들고 머리 수그리고 내달리던 말이
오른발에 걸리고 또 왼발에 걸릴 때
'자주 만나게 될 걸'
연꽃이 지고 연밥이 익어 목을 꺾어 수그릴 때
허방을 짚던 말들과 내안에서 맴돌던 말들이
갑자기 불씨처럼 발화하듯 떠오를 때
왼발에 걸린 말과 오른발에 채인 말을 끌고
무작정 허공을 밟고 네게로 가고 싶을 때
그때가 가을이었나 봄이었나

무작정에 들다

자작나무 숲으로 들어갔네
푸른 나뭇잎이 자작자작 흔들리고 있었네
햇살이 나뭇잎 새새이 스며들었네
어두운 쪽은 어두운 대로 이슬이 맺혔고
푸른 안개가 몰려다녔네
나무 사이사이 풀들이 무성하게 자라고 있었네
나는 풀들을 밟으며 천천히 걸었네
꼿꼿이 섰던 풀들이 쓰러지고
상처가 깊었을 거라 생각했네
마음이 닿지 않은 곳이 있다는 걸 알았네
생각하면 그 마음을 알 듯했네
블랙홀에 빨려 들어간 이별도
잡을 수 있는 게 마음 아닌가
다 내려놓고 무작정 자작나무 숲을 걸었네
무작정 닿을 수 있는
마음의 거처가 좋았네

나그네별

어디든
선계로 가는 길목

살아선 갈 수 없어도

그대
먼저 간 밤하늘 본다

신선놀음은 할 만하니

행복 때문에
아프고 많이 늙었다

꽃차

복자가 다린

금잔화 꽃차 마시고

가덕다리 천천히 건너오다 보면

물소리도 먼 길 가느라 서로 출렁이고

갱변 물냉이꽃

나비가 비틀비틀 날아와 앉는다

꽃이 출렁인다

꿈틀과 출렁 사이

나무는 바람을 불러들여 소리를 얻었다
안개 속으로 사라진 고양이가 울었지만
내 귀를 의심했다
보이지 않는 것은 의심하기 좋다
사실 여부 떠나 설사 그렇더라도
내가 '아'라고 운을 떼자
수천 개의 안개가 만들어졌고
메아리가 되어
멀리 갔다 돌아와 안개 속으로 흩어졌다
다리 위에서 안개가 되지 못한 물소리를 들었다
꿈틀, 살아 있다는 여운이
출렁, 안개를 흔든다
바람 속에 숨은 고양이가
나무 위에서 내려온다

그 사람

들깨밭 김 좀 매라 하면
고뱅이가 쑤신다고
응급차 불러 병원에 누워 있다가도
노래방 가자면
약 한 봉다리 입 속에 털어 넣고
아무렇지도 않아 거뜬해, 앞장서서
지하 계단 날아내려 노래방으로 들어가던 사람
그 사람 노래 참 좋아했지
음정 박자 상관없이
사는 게 벨 게 있냐,며
고래고래 악 쓰며 한번 잡은 마이크만큼은
놓지 않던 그 사람
어쩌다 누가 한 곡조 부르려 마이크 잡으면
세상의 모든 음악 섭렵한
독특한 창법의 엇박자 코러스로 흥 돋구던
동갑내기 그 사람
막 흔들어대던 그 춤
국민학교 졸업식날 저녁
복동이네 대청마루에서 추던

개다리춤이었나 다이아몬드 스텝이었나
그 시절 몸으로 흔들어대던 사람
이렇게 몸 풀어줘야
활력이 돈다던 사람
동네 잔칫집 대절 버스에서든
축제 야시장 노래자랑에서든
자리만 편면 꼭 빠지지 않던 사람
유언이라며 지 죽으면
곡 대신 뺀드 불러
한바탕 놀아달라던
그 사람 참 노래 좋아했지

돌목걸이

흔한 게 돌이라지만
마음 내는 게 쉽지 않다
조금은 물러야 하고
언제보아도 소박해야 한다
물에 쓸리고
바람에 깎인
풍수의 내면을 지닌 사람처럼
아마 홍적세 지나고
빙하기 지나면서
물이 되거나
암석이 되었을 전생처럼
물살 따라 뒹굴면서
오직 뼈처럼 남은 돌이어야
구멍을 받아들이고
목줄을 내준다
돌에게도 자존심이 있어
사랑하는 일이 때론 눈물이지만
뜨거운 울음이 시가 된다
돌을 돌로 보지 않을 때

당신에게 어울리는 나를 생각한다

산까치야

엄마는 산까치 노래를 좋아했다
나물 다듬거나 부강지에 불 넣을 때
맷돌질 하거나 빨래를 할 때
흥얼거리며 노래를 불렀다
너마저 울다 저 산 너머 날아가면은~
지붕 너머 하늘 쳐다보곤 하셨다
어느 날 엄마랑 산에 갔는데
꺼벙이들 거느리고 기어가는 까투리를 보고 울기도 했다
엄마는 울음이 많았다
어느 날 툇마루에서 숙제하다가
엄마의 노랫소리를 처음 들었다
산까치야 산까치야 어데로 날아가니 네가 울면~
고양이 울음처럼 가련해지다가
새끼 부르는 어미소처럼
너라도 내 곁에 있어다오~
긴 울음이었다
이미 엄마는 텃새가 되었다
계절을 미리 알고 식구들의 표정을 금세 읽어냈다
보낼 것은 다 보내고 비로소 눈 감고 숨 놓았다

너마저 울다 저 산 너머 날아가면은~
다시 올 수 없어서
목놓아 울었다 산까치처럼

뒤비

뒤비는 말랑말랑해야 맛있단다
서두르지 말고 밑돌과 웃돌이 맞도는 대로
너무 엉글어도 그렇다고 고와도 안 되고
뭉근하니 갈려야 제맛이 나는 게란다
맛이 어디서 나오냐고들 묻지만
내도 그건 모른다
인경이 울던 시절 배웠는데 그 새벽빛 아니겠나 싶다
가매에 불 사루고 콩물 끓이는데
눌어도 안 되고 넘쳐도 안 되고 설끓어도 안 되지
안 되는 게 많은 건 되게 하라는 게야
살아보면 사는 것만큼 힘든 게 없지만
사는 것만큼 또 살고 싶은 게 생인 게지
한 소끔 흰 거품 일면 무명 자루에 넣고 짜거라
치대지도 말고 으깨지도 말고
주물주물 적당히 주물러 짜내면 되느니
그래야 비지도 맛이 난단다
비지 장떡 맛은 아는지 몰라
이제 콩젓물 가마에 넣고 뜸불 들이면 새털구름 일듯 엉기는데

이 뒤비가 초뒤비지 우리 할머이는 늘 상식으로 한 대접 뜨고
그제야 간수 넣고 주걱으로 살살 휘저어주면
뭉실뭉실 구름처럼 엉겼지
이 뒤비는 순뒤비 식구들이 내 입맛 닮았는지 다 잘 먹어
큰 양푼에 한가득 떠놓고
냉기지 자루에 담아 적당히 눌러 촛물을 빼면
그게 우리 집 뒤비야

먹어본 사람들이 '먹을 만하네 정말 맛있어' 그렇게 입소문이 나
장사 좀 되나 했는데 그만 고뱅이가 무너지더라고
그래도 내친김에 뒤비나 하자
얘야 콩 불려라

4부

가래질

물은 봄을 끌고 왔다
바닥줄은 들어주고
마랏줄은 툭툭 쳐서
가래질한 도랑 따라 물이 흘러들었다
굽은 논두렁 따라 구렁이처럼 흘러들었다
마른 두렁은 후려놓고
얕은 둑은 쳐올리며
안가슴은 까대놓고
밑에 흙은 쳐올리며
질겅질겅 짓이겨
마름질한 논두렁 따라
물이 든다
논에 쓴 첫 문장이다
당신이 기다린 봄
여기 왔다

물레

외양간 옆 뒤지다락에서
물레를 찾았다
삼이나 명주실 잦지 않던 이후
뒤주 위에 처박아두었던 물레
괴머리는 부서진 채
괴머리기둥과 꼭지마리 등줄 굴똥 가리장나무
물레바퀴 가락통 설주는 좀이 슬고
물레줄은 삭아 바스러지고
물레돌과 고동과 가락과 가락옷 보이지 않는다
먹물 먹었다는 희끗희끗한 기억
어머이는 되살려내면서
하나씩 맞춰지면서 물레가 돌았다
어머이는 꼭지마리 잡고 물레를 돌렸다
휘뚝거리는 물레 가리장나무에
물소리 잠긴 물레돌 얹어놓으며
그깟 것은 뭐하게 맞추냐고 하셨지만
소 목덜미 어루만지듯
하나하나 쓰다듬고 일어나셨다

지게

시골 헛간 바람벽
지게가 걸려 있다
뿔처럼 뻗친 지게다리엔
빛바랜 대리끼와
피난길까지 함께했다는
아버지 아버지들의 생이
한 짐 쟁여 있다
영귀미 동막골 골짜구니에 풀어놓은 지게
이왕 풀어놓을 거면
읍내 장마당 한구석에라도 풀어놓지 원망했던
지게 그늘 벗어나지 못한 채
군불 땔낭구 소낭구방데이
한 짐 지고 일어서다 부서진 지게
다 떨어진 등태 다시 따며
새장 고정하고
팽팽하게 탕개 감아죄며
낼은 뒤엄 내야겠지
의짓간에 세워두고
군불 넣고 뻐근한 어깨 지지던

시골 사랑방, 헛간 바람벽에 걸린 지게
걸어온 길 한 짐이 하늘처럼 걸려 있다

북

마루 밑에서 북을 찾았다
틈새로 빠진 동전 주우러 들어갔다가
신 같고 배 같은 북을 찾았다
제 발로 걸어 들어갔을 리 없겠다
오래 쌓인 먼지 걷어내고 보니
시름 배인 탓일까
손때 묻은 자리가 반지르하다
날줄 댕겨 올 세우고
수없이 멕이던 씨줄의 집
씨도 안 먹힌다는 불통의 시절도
닳고 닳아 질이든 북
들기름 멕여 책상머리에 놓는다
볼 때마다
차르륵 척
베 짜는 소리가 난다
옛날이 나를 엿보고 있다

내 고향 동막골

첩첩 산이 둘러친 뒷산 큰말림
안소 마라소 앞뒤로 세우고
쟁기 지고 비알밭 갈러 가는 길
아지랑이 아물아물 봄이 도져오고
물오른 버들가지 호들기 불면
안산에선 꿩 꿩 쟁끼가 울었지
막걸리에 콩국시 제누리 차려놓고
나그네도 불러들여 술 한잔 하다 보면
장성지 돌아 구미고개 넘는 서향빛 노을
동갈나무 잎새마다 묻어나는 금빛 햇살
먼 산 봄빛 밤하늘
잔별로 흐르는 물소리
동구 밖 노루터로 장 마중 가는 길
지금도 네 이름 부르면
여기 저기 온 둘레 복사꽃 피는 마을
아버지가 살고 엄마가 기다리던
내 고향 동막골

자가 격리

코로나 신열을 앓는 저녁이다
문자로 온 일주일 구속
추녀끝에선 고드름이 자라고
읽다만 시를 두적댄다
역사를 품은 시간의 언술
하지 말라고 해도
지독한 궁핍은 실마리 찾는다
보일 때까지
어두워질 때까지 찾다가
불빛에 매달린 시간 더듬어본다
어딜까 내가 가보지 못한 저쪽
결국 비번을 품은 말
마음에 와 닿는 말 하나 건져낸다

물안개

노을 거두어들이는 저녁이다
구름은 햇살의 잔해를 품고
서쪽 하늘에 뜬 달과 그 곁을 떠도는 별
아무렇지 않다는 듯 어둠 살핀다
낮과 밤이 자리 바꾸는 이 무렵
빽대 꺾어 실을 묶고 바늘을 매고
지렁이 꿰어 바위틈에 넣어두는 것인데
한 끼 동냥 나온 메기나 텡가리 빠가사리
웬 성찬이냐고 꿀꺽하라고 내버려둘 뿐
한쪽 귀는 바람결에 걸어두고
또 한쪽 귀는 물소리에 담가두고
밤벌레들의 은밀한 랩소디에
처량하던 달이 산마루 넘을 때
별만 수만 개 걸려 반짝이는
염천의 밤
물안개에 젖은 바람
구름 밀며 동쪽으로 간다

무화과

속울음은
더 가슴 무너지는 법

명자 어머이
가슴 치며
어 어 울며
다리 건너 뛰어갔다

말하지 못해도
그녀는 할 말 다한다

그 뒤로

월정사 전나무 숲은
천년의 독경과 경전을 엿들어서
생불이나 다름없는데
명상에 잠긴 듯 맨발로 걷다가
전나무 잎에 찔리거나
바람에 떨어지는 바늘잎에
얼굴이나 팔뚝 등허리를 찔리면
죽비라도 맞은 듯
지은 업보를 돌아보는 것인데
한번은
사랑하는데 사랑한다 말하지 못한
속내를 들켜서
무안해지기도 했다

그 뒤로 어떻게 됐을까

눈사람의 첫사랑

비에 조금씩 녹고 있어요
당신이 온 줄 알아요
당신을 생각하는 머리부터
당신 소맷자락 잡을 두 손과
당신 따라나설 두 발이 다 녹고 있네요
우리가 처음으로 돌아가자고 했나요
우리가 처음으로 돌아간다면
지금의 우리일까요
당신의 그리움이던 때가 좋았어요
두 손 호호 불면서 몸통 만들고 머리 만들고
비로소 눈과 코와 입 달아주었을 때
큰 소리로 사랑해요 고마워요 소리쳤지요
분명 들었을 것 같은데
마음 움직여 당신 향해 달려갔을 때
겨우 사진 몇 장 속에 나를 가두고
문 저쪽으로 사라졌을 때
결국 하나가 될 수 없는 사랑
긴긴 밤 내내 캄캄하게
눈물자국 상처가 될까 울지도 못하고

바람에 매달렸던 당신의 빈자리
가득가득 고이는 어둠
알아요 줄 게 어둠뿐이란 걸
어둠만큼 든든한 게 있을까요
나도 어둠에 기대어 꿈꿀게요
나는 눈사람이잖아요
당신의 마음 어떻게든 받아볼게요

나무속으로 들다

속 비우는 일 쉽지는 않겠지만
누군가 내안을 파고든다면
나도 내줘야 되겠지
전나무 숲길 탈속한 그처럼
누군가의 거처가 되어
새들이 날아와 시를 읽다 가고
짐승들이 들어 젖은 몸 말리고
어쩌다 집 나온 벌들이 꿀 모아놓으면
그 꿀 먹겠다고 옆구리 내줘야할 때도 있겠지
산문으로 드는 길 한가운데쯤
몇 백 년을 산 나무의 텅 빈 우듬지를 보며
전생의 요람 같은 그 속
애인의 손을 잡고 들어가 앉으면서
난 아늑했는데
천년 경전을 득음한 그가
내 안을 다 읽어낸 생불인 듯
아득하다고
두 팔로 꼭 껴안았는데
속 다 비울 때까지 살아보라는 걸까

내 몸이 점점 나무속으로 드네

어수룩취나물

미역취 미나리싹 쑥 어수리를 뜯고 산비탈에서 두릅 따다 들켰다.

거기서 내려오세요.

왜요?

내려오세요. 당신 거 아니잖아요.

그럼 당신 건가요?

네.

미안해요. 몰랐어요.

내 것 아니면 손대지 말아야죠. 어서 내려와요.

혼내실 건가요? 그럼 안 내려갈래요.

왜요?

혼내실 거잖아요.

일단 뜯은 거나 봅시다.

그냥 보내줄 거죠?

내려와서 얘기하자구요.

내려오면서 그 뒤에 있는 두릅 두개도 따가지고

내려오세요.

고양이를 심다

나팔꽃 씨 심고
콩 심고
모 심고
살구나무 심는다

다시 돌아오리라는 마음을 심는다

고양이 심으니
눈물이 손바닥을 핥는다

사막

무은 일인지 나는
사막처럼 버려졌네
보이는 데까지 모두가 사막
사막 지나가는 모든 것들이 사막이었네
강도 사막처럼 흘러가고 산도 사막처럼 일어섰다 가라앉고
사막의 봄이 오고 꽃이 피네

무슨 일인지 버려지면 사막이 되네
숨을 곳도 도망갈 곳도 사막이어서
사막을 갈고 사막의 씨를 뿌리네

사막이 자라 사막이 되네
살 곳도 죽을 곳도 사막이었네

사막이 사막이어서 아름다웠네
사막의 꿈이 사막이 아닐 때
사막이 그리워지네

해설

내면 풍경, 내면의 색채

최광임

시인

사람이 공간을 만들지만 동시에 사람은 공간의 지배를 받는다. 그것이 나쁜 쪽이든 좋은 쪽이든 공간이 사람의 생각과 감정뿐 아니라 신체 반응에 큰 영향을 끼치기 때문이다. 바닷가에서 자란 사람과 산마을에서 자란 사람, 도시나 시골에 거주하는 사람의 생각과 정서가 다르며 행동 양식이 다른 것과 같다. 이는 어디까지나 장소와 사람이 만들어내는 조화 차원의 의미를 말한다.

내면은 허림 시인이 거주하는 면 소재지 지명이다. 내면은 강원특별자치도 홍천군 동부에 위치하며 해발 600m 이상의 고지대로 대한민국 면 단위 중 가장 넓다. 대부분 산림이며 사람이 거주할 수 있는 면적은 적다. 내면은 여름밤에도 긴팔을 입어야 할 정도로 쌀쌀한가 하면, 겨울 또한 아침 최저 기온이 전국에서 가장 낮게 나올 때가 많은 곳이다.

허림 시인 또한 내면이란 지리적 공간의 영향 안에서 산다. 내면의 햇볕과 바람과 복사꽃과 구름과 노을, 저녁과 강과 새들, 밤과 달과 어둠이 시인의 공간을 채우고 정서적 내면의 기억을 만든다. 기억 안쪽은 눅눅하고 우울하고 캄캄하다. 그의 내면엔 울음과 슬픔이 있고 쓸쓸함과 외로움과 함께 어둠에 잠겨 있다. 사람들이 그를 슬픔의 시인이라 지칭하는 이유이기도 하다.

이번 시집을 아우르는 주제는 크게 두 가지로 나뉜다. 시인이 거처하는 '내면'이라는 장소적 공간의 풍경과 시인의 시 의식을 수반하는 마음의 '내면' 풍경이다. 그중, 시인의 내면 풍경에 시들이 훨씬 더 많이 집중된 편이다. 허림은 "시는 자신의 삶의 흔적입니다. 삶의 냄새가 나는 글이 참다운 글입니다."(2019년 8월, 꿈이음사람책도서관 강연)라고 말한다. 내면의 지리적 특성과 그곳 사람들의 풍경이 시인의 '삶'을 만든다면, 실존적 삶의 감각으로 체득한 현상(흔적, 냄새)은 그의 '내면'을 추상적으로 연상하게 만든다.

절 마당에 떨어진 꽃잎이
바람 가는 쪽으로 몰려간다

천도제 끝난 봄날이다
처마밑 틈새로 새가 들어가자
울음이 쏟아진다
생사의 길에 구르는 명랑
슬플 것도 기쁠 일도 아닌 듯
검은 소복 여인의 치맛자락에
민들레 꽃씨가 날린다
죽음은 멀리 가는 것
가서 돌아오지 않는 바람처럼
할 말은 많았지만
지금은 내안의 울음을 다독일 때
지는 꽃잎에도 눈물이 난다
천도를 건너는 그대 눈물자국만 흥건하다
가끔 사는 게 뭐냐고 물었지만
구름은 먼 산 넘어가고
하루도 저물어 서쪽엔 노을이 든다
다음에 올게요
산문을 나서는데
다음이라는 말이 기약 없이 화두처럼 따라온다
절 마당에 떨어진 꽃잎이
바람을 따라간다
—「다음이라는 말」 전문

"그대"의 죽음으로 화자는 "지는 꽃잎에도 눈물"이 날 정도라 "내 안의 울음을 다독"여야 하는 상태이다. 천도제를 함께 지낸 "검은 소복 여인"과는 사뭇 비교가 된다. "처마밑 틈새로 새가 들어가자/ 울음이 쏟아"져서 "생사의 길에 구르는 명랑"이 "슬플 것도 기쁠 일도 아닌 듯"하게 그녀를 수식하고 있는 데다, 그녀의 검은 소복 치맛자락에 "민들레 꽃씨가 날"리기까지 한다. 쏟아지는 울음은 죽음에 대한 슬픈 울음이 아니라 처마밑 새집 속 새끼들의 생명 태동 소리이다. 바람 타고 멀리 날아가는 속성을 지닌 민들레 꽃씨는 어느 곳에서든 새 생명을 틔울 수 있다. 그런 민들레 꽃씨가 하필 상복 입은 그녀의 치맛자락에 앉았다. 하여, "죽음은 멀리 가는 것"이며 "가서 돌아오지 않는 바람" 같은 것인데 반해, 그녀를 수식하는 것은 처마밑 새끼 울음소리와 멀리 날아가는 속성을 지닌 민들레 꽃씨이다. 그러므로 어쩌면 그녀는 '나'만큼 슬프지 않을 수도 있다. '나'는 그런 그녀에게 "할 말이 많"아졌으나 삼간다. "천도를 건너는 그대 눈물 자국만 홍건"한 상황과도 그녀의 정황은 대조적이다. 그러므로 죽은 그대는 그녀나 나와 보편적인 과정을 거쳐 이별에 이른 것이 아니라는 것을 추상적으로 연상할 뿐이다. 망자의 천도제를 지내야 할 만큼 그들에게는 내밀한 사연이 있을 것으로 짐작한다. "며칠 있으면 되겠구나 싶은 날이었다// 누구도 알 수 없는 별세"(「낙과」)에서도 이별은 불시에 일어났음을 암시한다.

화자는 "다음에 올게요"라는 인사를 남기고 절을 내려오지만 기실 '다음'이란 기약은 허언이 될 수 있다. 삶이 '그대'를 찾아오도록 시간을 내어줄지 말지 알 수 없는 노릇이기 때문이다. 그러니 '다음'이라는 말은 '마지막'이라는 말의 동의어일 수 있다.

야생의 짐승들이 앞강 얼음장 숨구멍 핥고 가는 초저녁입니다

당신의 어깨 위에 당도한 구름이 붉어질 때 그리고 저녁처럼 당도할 외로움이나 쓸쓸함에 창가로 비껴드는 달빛에 느릅나무가지 어른거릴 때 눈물 적시지 않아도 좋을 적막은 캄캄하고 겨울 건조주의보가 내려진 당신께 구름 한 자루 보냅니다

당신이 기다리는 눈이 밤새 내리기를 빌겠습니다 마음마저 건조해져 비듬이 더 심해졌다는 당신께 위로가 될까요 층간 소음으로 소원한 자리에 눈사람 세우는 건 어떨까요

내일의 기억은 또 어떻게 쓸 것인가 골몰할 때 허풍처럼 떠벌린 말의 이면에 눈발이 날렸으면 좋겠습니다 그래야 눈 녹이며 피는 꽃들에게 안부라도 전할 수 있지 않겠습니까

—「눈발」 전문

허림의 시는 어떤 대상과의 소통 방식에 있어 요란을 떨지 않는 반면, 내면의 정서를 드러내는 데는 구체적이고 일관된 정조를 유지한다. 허림의 이번 시집 속에 반복되고 중복되어 나타난 용어와 낱말을 통해 이를 알 수 있다. "솔직하지 못한 왼쪽 가슴을 헤집었(「월식」)"던 것은 왼쪽 가슴 밑에 숨겨둔 대상 때문이었으며, "허방을 짚던 말들과 내안에서 맴돌던 말들이 … 무작정 허공을 밟고 네게로 가고 싶을 때"(「자전거를 타는 풍경」) 그는 자전거 페달을 밟을 뿐이다. 이유는 타인끼리 "마음 내는 게 쉽지 않다"(「돌목걸이」)라는 걸 알기 때문이다. 맺어진 관계라 할지라도 마음이 닿지 않는 곳이 있다는 것을 알고부터, "다 내려놓고 무작정 자작나무 숲을 걸"(「무작정에 들다」)음으로써 마음 기울어짐의 상태를 멈추는 식이다. 그는 관계 지향의 언어 운용에 일부러 거리를 둔다. 그리하여 마음에 어둠이 가득해진다. "어둠 속에서는 모든 것이 어두워졌고/ 반짝이는 것들은 하늘에 있었다"(「영상통화」)는 표현처럼 시인의 현실적 삶과 시적 내면엔 여전히 거리가 존재한다.

위의 시에는 시인의 정조를 알 수 있는 언어들 즉, 어둠이 집합해 있다. '밤', '초저녁', '저녁', '캄캄', '얼음장',

'적막', '눈물', '외로움', '쓸쓸함', '달빛', '구름', '눈', '마음', '말', '기억' 등이다. 이때, 시에 나오는 '당신'이 누구인지는 굳이 가늠하지 않아도 된다. 한겨울 산속에 있는 시인이 층간 소음 있는 도시 집에 사는 누군가에게 보내는 것이든, 현재 내면에 사는 화자가 과거 도시에 살던 내면적 화자에게 보내는 시라 해도 무방할 것이기 때문이다. 중요한 것은 한겨울밤의 적막 속에서 화자의 내면에 들어찬 어둠의 정조를 추상하는 일이다.

눈이 와도
어둠은 덮이지 않네
온 세상 흰빛이 넘쳐도
오막은 저녁처럼 어두워지네
까치밥으로 남겨둔 땡감이 불을 밝히는
서림 빈집의 감나무에도
노을은 속절없이 저무네
괜히 슬퍼지네
어디서 왔는지도 모르는 그대
내안에 반쯤 차 있네
가끔 술잔에 따라 마시다 보면
취해서 잠시 잊네
속 쓰려 일어나니

또 그만큼 고여 있네
슬픔 때문에 사는 것 같아
그냥 살기로 했네
사는 게 좀 슬프면 어때
—「사는 게 좀 슬프면 어때」 전문

이번 시집에서 가장 큰 비중을 차지하는 메타포는 화자의 삶을 지배하고 있는 '어둠'이다. '캄캄', '죽음', '저물다', '노을', '저녁', '초저녁', '긴긴밤'은 어둠의 유사어거나 동의어다. 어둠은 시공간적인 구체적 어둠에서 화자 내면의 비정형적인 정서로 번져간다. 어둠은 흰 눈으로도 덮이지 않고 면 소재지 내면 전체만이 아니라, 온 세상이 흰빛으로 넘쳐도 시인이 거처하는 오두막은 "저녁처럼 어두워지"기만 한다. 땡감이 전등불처럼 붉어도 "노을은 속절없이 저"문다.

"어둠 속에서는 모두가 어두워진다"(「언제」), "어둠 속에서는 모든 것이 어두워졌고"(「영상 통화」), "어두운 쪽은 어두운 대로"(「무작정에 들다」), "가득가득 고이는 어둠"(「눈사람의 첫사랑」) 등과 같이 화자에게 드리운 어둠은 중첩적이다. 이는 화자가 체감하는 어둠의 심리적 농도를 의미한다. 위의 시에서는 어둠이 화자의 내면에 '슬픔'으로 치환되지만, 어느 땐 기억을 소환하고 어느 땐 외로움, 쓸쓸함을 번식시킨다. 화자가 "괜히 슬퍼지"는 상황

일 때는, 온 세상의 흰빛에도 불구하고 어둠의 농도가 가늠할 수 없을 만큼 짙을 때이다. 화자가 처음부터 슬픔에 동화하려 한 것은 아님이 분명하나, 화자는 이 슬픔의 출처를 알지 못하고 속수무책으로 잠식당한다. 비워냈다 싶으면 다시 고여 있는 슬픔과 대면할 때쯤 화자는 어둠에 대하여 순응적인 자세를 취한다. 사실은 슬픔에 앞도당한 것이지만, 화자는 "슬픔 때문에 사는 것 같"다, 라고 자조하기에 이른다. 이어 자조는 긍정으로 변하여 "그냥 살기로 했네"라고 하는가 하면, "사는 게 좀 슬프면 어때"라며 현실적 정황을 수용한 듯 슬픔에 대하여 초연한 태도를 보여준다.

그리하여 "슬픔만큼 큰 위안이 있을까"(「시월에 핀 노랑꽃」)라거나 "어둠만큼 든든한 게 있을까요"(「눈사람의 첫사랑」)라고 할 만큼 여유 있는 태도가 나온다. 어둠과 동일시된 슬픔이 어디서부터 발원되었든 어둠은 화자 내면의 모든 원천이 된 듯하기 때문이다. 마치 캄캄함을 자궁 속의 어둠으로 생각하여 어머니에게 보호받고 있는 어린 자아를 무의식적으로 느끼는 상황처럼 보일 정도이다. 정신분석학적으로 보면 누구에게나 이런 고향이 있기 마련인데, 허림의 이러한 현상은 역설적이지만 은밀한 곳의 내밀한 행복을 사는 일로 보인다. 아기 허림이 어머니의 품에서 경험한 완벽했던 행복이 무의식 속에 있을 것이기 때문이다. 그것은 보호받은 추억들을 다시 삶으로써 앞으로 살 기운을 얻고자 함이다. 그럼에도 내밀화된 어둠은 화자의 마음을 눅눅하고 우울하게 만들며 쓸쓸하고 외롭게 만든다.

가득가득 고이는 어둠
알아요 줄 게 어둠뿐이란 걸
어둠만큼 든든한 게 있을까요
나도 어둠에 기대어 꿈꿀게요
—「눈사람의 첫사랑」 부분

무슨 일인지 나는
사막처럼 버려졌네
보이는 데까지 모두가 사막
사막 지나가는 모든 것들이 사막이었네
—「사막」 부분

슬쩍 버리고 왔다

누군가 가슴 한쪽이 상하기 시작했다

마음 편치 않아 다시 주워왔다
—「나」 부분

허림의 어둠을 '검정'이란 색채로 접근할 때, 내면에 가득한 어둠의 모호한 실체가 조금 더 선명해진다. 앞서 말한 바와 같이 허림의 시 의식은 대상과의 관계를 구체적으로 그리지 않음으로써 예측할 수 없는 미래나 부정적인 것들로부터 거꾸로 신비와 호기심의 아우라를 만드는 편이다. 반면에 마음의 내면에 집중하는데 그곳엔 어둠으로 총칭되는 심연, 절망, 억제, 불안, 죽음, 슬픔 등이 연상되는 추상성을 띄고 있다.

시 속의 '나'는 당신에게 줄 게 어둠뿐이므로 아예 "어둠에 기대어 꿈"을 꾸겠다고 한다. '나'는 무슨 일인지 "사막처럼 버려"져서 "보이는 데까지 모두가 사막"인 상황에 놓이고 사막이 아니면 외려 사막이 그리워지는 지경이 되었다. 심지어 화자인 '나'가 '나'를 슬쩍 버리고 왔는데 "누군가 가슴 한쪽이 상하기 시작"하는 것을 보고 다시 '나'를 주워온 상태이다. 자신을 함부로 버릴 수도 없는 화자의 내면은 사막으로 표상될 만큼 불모의 상태가 되었지만, 더 견딜 수 없는 것은 나로 인해 누군가의 마음이 상하는 것이다. 화자는 사막으로 표상될 만큼 불모화된 내면을 들여다본다. 어둠, 우울, 고립, 불안의 실존을

응시하기란 얼마나 괴로울까. 이 모든 '검정'이 나의 내면이라니. 검정은 시인이 내면을 통찰하고 신중한 행동을 하는 데서 오는 절제된 감정, 응축된 정서가 표출되는 과정에서 작동하는 기제일 수 있다.

세상 끝까지 가봤다는 그가 불쑥 찾아와서 여기가 세상 끝이라고 짐을 푼다 돈 벌어보자고 집 떠났지만 어머이 아부지 죽고 갈 곳 또한 그리워지더라며 누구도 살지 않는 고향집이 내안에 한 칸씩 들어서더란다 그때부터였을까 오막 어둠만큼은 그대로라며 산 너머 눈 주는 버릇이 들고 슬며시 눈 감을 때마다 어둠이 달려와 어루어주더란다

어쩌겠나 아랫목을 내줬네
—「어쩌겠나」 전문

시인에게 내면이란 장소적 공간은 삶의 실체이다. 정서적 내면의 추상성과는 대조적이다. 저쪽 세상 끝에서 돌아와 "여기가 세상 끝이라고 짐을 푼" '그'에게서 화자는 내면으로 먼저 들어온 자신을 보았을 수 있다. 화자의 내면에 고향집이 한 칸씩 들어서던 것이며, 오두막에 들어찬 어둠만큼은 그대로여서 그 어둠에 투신했던 자아와 마

주하는 듯했을 것이다. 대처의 세상 끝 어둠보다는 "어머이 아부지"와 함께 살던 유년이 간직된 고향집 어둠에 든다면 새로이 사는 힘을 얻을 수 있다는 것을 화자나 '그'는 알고 있다. '은밀한 곳에 내재된 행복을 사는 일'이 무엇인지 알기에 화자는 '그'에게 아랫목을 내줄 수 있었던 것으로 본다.

자본주의가 승한 시대에 첩첩 산골에 산다는 것은 '돈 버는 일'로부터 자유롭거나 반대로 저항 또는 피신하는 일일 수 있다. 그러므로 내면이란 공간은 「궂 노망」, 「산까치야」,「지게」,「무화과」에서와 같이 어떠한 연유로든 얼마간의 어둠을 지닌 사람들이 살거나, 살다 갔으며, 또 살러 오는 것인지 모른다.

배나무집으로 한 패가 몰려간다
분명 군소식이 오겠다
며칠 전 보아둔 가막소 얼음이 얼고
절에 김 씨네와 살둔 정가네 최가네가 눈 맞췄다는 소문이다
살얼음 깔린 아침 한나절
쿵쿵 얼음장 울리자 괴기들이 놀란 듯 몰켜나오고
몸장화 신고 얼음 속으로 들어 둘러친 그물 끌어당긴다
고기들 몇 번 펄떡대다가 버쩍 얼어붙는다
가막소는 깨진 얼음 잇대느라 버석거리고

몸장화에선 살얼음 조각이 허옇게 떨어진다
한 담배 한바탕 웃음이 산속으로 스민다
어디서 엿보았는지 버덩말 장가도 섬터 전 씨도 건너오고
옹기점 곰이도 헛기침한다
산통 깨진 판 뒷버덩 유 씨도 지당 아래 홀애비도
화덕에서 끓는 솥뚜껑 열어보며 소주 고리를 낸다
—얼음사리는 맘이 맞아야 하는 기라
—배 맞춘 여편네랑도 못 하는 게다
—괴기들은 겨울잠 들었어도 귀는 열어놓고 자는 기라
가막소 모래 구렁 재바르게 그물 둘러치고
얼음 깨 둥둥 밀어내는데 한 떼거리가 그물 속으로 몰려든다
회칠 것은 발려 뭉텅뭉텅 썰고
굵은 것은 골라 싸리꼬챙이에 꿰어 굽고
냉기지는 화덕 솥단지에 말짱 넣고 끓인다
짐이 새나오고 얼큰한 장냄새에 비린내가 구수해진다
그런대로 해 먹을 만한 겨울 천렵
모두 거나해지고 말들이 뒤섞이는데
눈 오면 토끼 몰러 가자는 말이 또렷해진다

—「어름사리」 전문

결하여 말하자면 시인이 사는 내면에도 사람들은 살아왔고, 살고 있으며, 앞으로도 살 것이다. 안부를 주고받고,

서로가 견딜 추위를 염려하고, "그런대로 해 먹을 만한 겨울 천렵"하며 사람들이 모여 살 것이다. 한 어둠이 다른 어둠에게 내어준 아랫목같이, 칠흑 같은 어둠 속에서도 가만히 응시하다 보면 어둠도 환해지는 법이다. 허림 시인이 어둠을 사는 방식이다. ⓔ

달아실에서 펴낸 허림의 시집

엄마 냄새(2019)
누구도 모르는 저쪽(2020)
골말 산지당골 대장간에서 제누리 먹다(2021)

달아실 기획시집 29

다음이라는 말

1판 1쇄 발행 2023년 10월 27일

지은이 허림
발행인 윤미소
발행처 (주)달아실출판사

책임편집 박제영
디자인 전부다
법률자문 김용진, 이종진

주소 강원도 춘천시 춘천로 257, 2층
전화 033-241-7661
팩스 033-241-7662
이메일 dalasilmoongo@naver.com
출판등록 2016년 12월 30일 제494호

ISBN 979-11-91668-92-6 03810

* 잘못된 책은 구입한 곳에서 바꿔드립니다.
* 책값은 뒤표지에 표시되어 있습니다.
* 이 책은 홍천문화재단의 지원으로 발간되었습니다..